献给我的父亲

生命是奇异的堆积

史明礼 著

陕西新华出版传媒集团
陕西人民出版社

图书在版编目（CIP）数据

生命是奇异的堆积 / 史明礼著. —西安：陕西人民出版社，2019
ISBN 978-7-224-13090-4

Ⅰ.①生… Ⅱ.①史… Ⅲ.①诗集—中国—当代 Ⅳ.①I227

中国版本图书馆CIP数据核字（2019）第 024414 号

出版统筹：米德龙
责任编辑：彭　莘
封面摄影：冯佳时
整体设计：杨亚强

生命是奇异的堆积

作　　者	史明礼
出版发行	陕西新华出版传媒集团　陕西人民出版社
	（西安北大街147号　邮编：710003）
印　　刷	西安建明工贸有限责任公司
开　　本	787mm×1092mm　32开　7.375印张
版　　次	2019年5月第1版　2019年5月第1次印刷
书　　号	ISBN 978-7-224-13090-4
定　　价	46.00元

史明礼,

生于古都西安,

现为陕西省文化产业促进会理事。

自幼喜爱文学,笔耕不辍。

曾以小瑞为笔名出版自传体小说《飞》,

(花城出版社2013年1月第1版)

这本诗集延续了他飞扬恣肆的风格,

源自他生命中每一次灵感的闪动迸发,

于浪漫意象中呈现了一个唯美、微妙的奇异世界,

氤氲无限生机,吐露真情至性,

折射深沉睿智的思想与情怀。

序

要体会这本诗集的意境，建议先细读明礼早年以"小瑞"为笔名写的自传体小说《飞》。透过《飞》，我们了解到明礼的一生由奇异的精彩片段堆积而成，经历铁窗岁月、纸醉金迷、逞凶斗狠、毒品横恣、爱人骤过及谋计斗智等江湖生涯，种种的人生起伏，终于将他淬炼成一个睿智又豁达的金刚不坏之身。进而将自己所经历的点点滴滴幻化成一篇篇的动人诗章。

诗篇内容时而透露着王者的孤独，时而感叹现实的无奈，但都有着坚韧而淡定的勇气，徘徊黑暗中而不迷失方向。

在《枪》里，他高唱着：

活着谁能不经历创伤

精神不死就有希望

手中拥有笔和纸张

就可以大声高喊我的梦想

我可以负伤

我可以死亡

但却不能失去我的笔和纸张

从这里我们看到,就算他身陷困境,但依然对人生充满希望,绝不放弃,决不低头。

在《旅程》里,他低吟着:

我想到出生

我想到成长

我想到希望

我想到死亡

列车缓缓驶入站台

回到家乡

生命的尽头是家乡，明礼的境界已了明生死。因此，在一生中不管遇到多少起起落落，都能处之泰然迎接任何挑战。

张发乐

目录

黑

今夜我是国王 / 002

消失的城 / 005

生命是奇异的堆积 / 006

匣子 / 013

人生若只如初见 / 014

媚娘 / 018

苹果 / 021

我不是你的上帝 / 022

蚁民 / 025

海伦 / 026

猎物 / 029

诱惑 / 030

星夜 / 033

城市奏鸣曲 / 034

方块字 / 038

完美战士 / 042

鬼 / 045

孤独国王 / 046

爱·救赎 / 048

最后一夜 / 050

希望的坟场 / 052

战争 / 054

墙 / 056

戳伤 / 058

旋涡 / 060

盛宴 / 062

孤独者 / 064

错位 / 066

折翅 / 068

战斗 / 070

高铁上 / 072

魔咒 / 074

警察 / 076

毒药 / 078

我是佛 / 080

午夜两点 / 082

受伤 / 084

游离世界 / 086

枪 / 089

(白)

城墙上的姑娘 / 094

对面 / 095

伤 / 096

悄悄话 / 097

无题 / 098

窗 / 099

五月某天 / 100

希望 / 101

你来 / 102

雪花 / 103

信使 / 104

出生 / 105

回忆里 / 106

冬之思 / 107

初春·沉默 / 108

转身 / 109

我愿——送给妻子的诗 / 110

等 / 112

出生前的时光 / 113

因为有你——给女儿 / 114

春·思 / 116

礼物 / 118

那年夏天 / 120

流年 / 122

大人物 / 124

小桥边的姑娘 / 126

夏夜 / 129

小草 / 130

初恋的姑娘 / 132

雨中曲 / 134

最好的朋友 / 136

我不是诗人 / 139

昨夜发生的事 / 140

回音 / 142

我担心 / 144

父亲 / 146

小站 / 149

我追你 / 150

角度 / 153

琥珀中的历史 / 154

笑 / 156

灰

囚 / 160

暮色下的冬日 / 162

绿洲 / 164

月光曲 / 166

梦无痕 / 169

旅程 / 170

种子 / 172

停不住 / 174

水手 / 177

夜 / 178

分别 / 183

芒刺 / 184

十五岁的生日 / 186

远行 / 189

生命的轮回 / 190

镜框 / 192

苦 / 194

尘埃之中 / 196

一步之遥 / 198

生活的旋钮 / 200

一场车祸 / 201

纠缠 / 202

再见恋人 / 204

火花 / 205

无缺 / 206

云朵 / 208

两半球 / 209

智者 / 210

思想、流动的河床 / 211

小丑 / 212

航向 / 213

病号 / 214

宠物 / 215

无门 / 216

后记 / 217

黑

空气中弥漫着淡淡的痛 / 将我的睡意戳伤

今夜我是国王

今夜我是国王
站在这山巅之上
月亮是我的宰相
静静立在一旁
山下的城市灯火辉煌

今夜我是国王
黑黢黢的森林是我的仪仗
浩瀚的苍穹是我盛大的殿堂
千万颗星星把灯点亮
山下的辉煌在繁星下黯然心伤

今夜我是国王
我站在山巅之上
大声地呼喊

把这和谐的声音拉得很长很长
传得很远很远
传到山下的灯火辉煌

今夜我是国王
所有的美丽都是我后宫的新娘
夜莺在自由地歌唱
这里没有阴谋和杀戮
只有和谐的乐章

今夜我是国王
世间的肮脏
在这里无处藏
魍魉鬼魅
扔进他们的坟场

山风把它们吹回

来时的地方——

灯火辉煌

今夜我是国王

这里没有尔虞我诈

这里没有龌龊肮脏

今夜这里被星星点亮

漫天繁星映着山下的灯火辉煌

今夜我是国王……

消失的城

一座古老的城
纯真年代
记忆被抹去
拆吧！拆吧！

在那片瓦砾下
昨日的纪念碑
在哪里？
找吧！找吧！

生命是奇异的堆积

绚烂的烟花

迸发出璀璨的光

照亮灰暗的里程

错过的美丽在绝望处绽放笑颜

我找到灵感的源泉

业已熄灭的火山再次喷发出

炙热的熔岩

在喘息中燃烧

美丽的面孔

期待中的等待

折磨——

音乐，毒品

混乱中的清醒

在烟雾中缓缓地弥漫

盛开出奇异的花

鬼魅人生的聚焦

玻璃折射的七彩

烛火的苗

挣扎中奔腾

燃烧欲望的烈焰

黄色的晕——

飘摇

红唇

烈焰中怒放

点燃无数的欲望

自我爱怜的双臂

相互依偎的寒冷

交织在转动的脖颈

依偎在自我的怀抱

回到温暖的子宫

迷离的眼神

交会中沉沦

像大西洋的海水——

湛蓝

音乐

撞击着大脑

神经在战栗中起舞

金箔轨道上

白色的精灵在奔跑中

结出美丽的花

纯洁的雪莲在冰山盛开

绝望中的凄美

音乐撞击的亲密

击穿沉沦的心碎

穿越死亡的隧道

　任骨头翩翩起舞……

赌博的人生

昏睡中的摇摆

犹如风中之烛

落叶，枯黄

色彩斑斓

秋雨中的哭泣

长长……

凉

洞

打破天空的幕

黑得吓人

一个点

白色的光

黢黑的银河中跳跃

蓝色的光

晶莹剔透

旋转，旋转

形成圆的球……

时间，静止的断裂
笑容，脸上冻结
死人
活着的死人
死去的活人
渐渐地清醒……

无性别的差异
膨胀的需求
涓涓细流
一个欲望的穴口
慢慢的，慢慢的
吞噬……

飞翔

穿越迷雾的障碍

飞到理想的天国

投入圣母的怀抱……

匣子

我愿意——发光体

特制的铁盒子

照亮

冰凉的身体

无法温暖

爱——苍白、无力

奉献——一个词语

铁盒里是冬天的四季

掌声在外面响起……

人生若只如初见

人生若只是初见
希望就在远方
是与非、真与假
都悬挂在爱的脸上
无法触及的是暗夜的情与伤

看见的熄灭了
消失的记住了
幻想与影像同是一种无常
歌声唱透落泪人的心房

青烟缭绕的怅惘
弥漫午夜的空巷
只有微风簌簌中伴唱
卷起无数的落叶——飘黄

快乐的表情、华丽的新装
只是为了掩饰黑色的孤独与悲凉
谁又能真的明白彼此的感伤?

一只小小的萤火虫
好奇地飞入这荒芜的街巷
不小心,快乐地将这夜色点亮……
所有的悲凉都变了模样

一切将不再是幻想
希望自由地飞翔……
梦想——尽情释放
给久旱的荒芜
披上绿的衣裳

突然

萤火虫撞到了墙上

瞬息间

那绚烂如火的生命

进入宿命的道场

希望的光亮

变为绝望的幻想

现实总令你我迷茫

一句话、一首歌

都可触及这无法抚慰的忧伤

可有谁愿和我共同分享

孤独与寂寞重新恢复他们的惯常

暗夜再次关上门窗

人生若只如初见

希望就在前方
看见的熄灭了
那是幻想

消失的记住了
那是影像
一切皆是无常……

媚娘

镜前的灯染亮镜里的床
昏黄让忧郁泛光
思念扶着白色的墙
欲望在狂野里流浪
只是少了一个人叫媚娘

清晨的钟声还未奏响
暗夜又铺开帷帐
小鸟在慢慢成长
焦急中变得坚强
透过窗帘的光让夜变亮
催促时间寻找未来的幻象

悄无声息的愁
布满忧伤的蜘蛛网

灰尘挂满空格的怅惘
把心无限期捆绑
前世的风带着爱的咒语
吹来不变的誓言飘浮千年

我们来自同一个星球
散在彼此相约的地方
只因那一句永不分离的诺言
苦苦寻觅千年

今世我们相遇在这人的海洋
你依旧是那么美丽善良
满怀喜悦地跑到你的身旁
可你早已忘了我前世的模样
成为别人的新娘

追忆美梦的惆怅

回到爱开始的地方

落英缤纷的树下

彼此相拥的模样

还有那山盟海誓的目光

……

苹果

亚当、夏娃、蛇

三者是罪犯

上帝是判官

从此苹果成了诱惑

牛顿被这诱惑砸中

世界变了模样

乔布斯咬下了这罪恶之果去了天堂

邪恶的女巫

童话里的王国

善良难逃恶果

苹果、苹果

神圣之果

……

我不是你的上帝

上帝让我沉睡

我便睡着了

他取下我的骨

创造我的妻

我是上帝的模样

呼吸着主的气息

我的妻守护着我的心和肺

让我在平安中呼吸顺畅

得到安详

我和你一样

上帝没有取我的头骨和脚骨

他只是取了我的肋骨

让我和你平等

没有卑下也没有优越

他让你保护我的心肺不受创伤
他让你如肋骨般的精致、坚强
为保护心肺还不惜断裂、负伤
你支撑你的男人
如肋骨支撑身体

你是坚强的化身
你是美丽的女孩
你是光辉万丈的天使

我不是你的上帝
上帝让我和你一样……

有一天我将
独自死在你的怀里
正如我曾独自陪伴在
你的身旁

我不是你的上帝
上帝让我和你一样

蚁民

夏天的太阳

我不敢恭维

它的庄重

如教堂神父的威严

一队蚂蚁浩浩荡荡

从蚁穴驶出

奔向新的高地

闷热的天气

警示暴风雨的来临

蚁王喘着粗气

注视着长蛇般的队伍

……

海伦

承载美丽的船
在玫瑰色的大海上
平静地驰向
养马人的海岸

这平静的大海
孕育着惊天的危险
特洛伊的欢呼声
淹没预言的混乱

英俊的王子
把骄傲的喜悦挂在面上
揽你进入沸腾的城邦

老国王的脸庞

喜悦里透着一丝不祥

岁月的风霜

警示暴风雨来前的明亮

甜蜜的爱情

伟大的城邦

顷刻化为烈火中的殇

只有你的美丽

还在传唱……

海伦

神圣的塑像

来自遥远的天堂

海伦

漂洋过海

走来的新娘……

海伦
谜一样的姑娘
男人心中的绝唱

海伦——
你把谜底伤

猎物

时常来侵蚀我精神的病痛
才使幸福如此幸福
相信死神的来临
不能令人开心
如果上帝存在
定在我看不到的地方
偷看着所发生的一切
窥视这偷猎者的暴行

诱惑

女人穿着红色的裙装

燃烧男人的胸膛

纤细的鞋跟

踏出节奏的摇晃

黑色的丝袜

裸露出的胸脯

诱惑着

无数的欲望

雪白

阳光下发出耀眼的光芒

男人的世界

女人的战场

特洛伊的挽歌

吹落爱琴海的忧伤

十字军骑士的剑光

指向异教徒的殿堂

圣洁的子宫

柔软的温床

男人的坟墓

胎儿的天堂

征服世界的主人

跌入埃及艳后的情网

雅典娜的众神无法阻止

海伦凄美泪珠的飞扬

智慧被爱埋葬……

如今的世界已变了模样

情爱却依旧如常

纯洁的爱情

惊涛骇浪

让你我迷失方向

天涯海角

在水一方

缘尽自然凉

星夜

突然
晕厥
大山压在胸上
没有形状
手脚冰凉
被汗染伤

一分钟前的畅想
死亡、惊吓
灯光下的破裂
昏暗、喘息、曲折的管道
闻到死神的气息

夜晚十点的心脏
月光下的影子
冲破黑暗的霞光
五月、五月

城市奏鸣曲

夏日的小巷
知了在槐树上歌唱

一串串的白槐花
和精灵捉迷藏
很香很香……

拿把旧钥匙
敲着厚厚的墙
黑色的木门
吱吱地响

透入一道白光
阳光倚在墙上
散落一地的花香……

轰隆隆

旧的院落拆除了

轰隆隆

老的街巷消失了

轰隆隆

文明的记忆擦掉了

轰隆隆

机器在轰鸣

城市在颤抖

轰隆隆

一地瓦砾

一地希望

霓虹灯藏住旧日时光

林立的高楼把城市点亮

我在寻找记忆中的小巷

知了在槐树上歌唱

一串串的白槐花

和精灵捉迷藏

很香很香

轰隆隆

尘土飞扬

轰隆隆

尘土飞扬……

方块字

方块字
横平竖直
是海里的沙

天雨飘粟
夜鬼啼哭
方块字
把浓缩的时间
变成故事

女娲和伏羲成了神仙
黄帝、炎帝打着打着有了儿女
精鸟叹息着夸父的悲壮
后羿伤透明亮神的心房
唐尧禹舜接过禅让的羽翼

大禹开启王朝的世袭
这是三千年前的事

从此黄皮肤黑头发
有了共同的祖先

五千年的历史
黑头发长了断
断了长……

秦皇汉武、唐宗宋祖
一代天骄、风流人物
方块字为之传颂

青铜铸就的思想

刻在时间的沙砾上
随着河床漫延四方

方块字
横平竖直
是海里的沙
悠久的文明
如诗如画
止戈为武
只为和平

美丽的风景
黑头发、黄皮肤
有了汉字
方块字

精神璀璨如新

生命延绵不息……

完美战士

咔咔

手术室的灯亮了

战袍撕裂

铠甲毁掉

眼睛在乱跑

口罩、口罩

白色被来苏水浸泡

我不用麻药

观众在笑

医生晕倒

我没有笑

也没有嚎叫

汗是红的

水是红的

血是红的

床单是白的

纱布是白的

我是白的

机器停止转动

冰冷的铁床

死去

重新组合

我是战士

机器发出冷冷的光

拆了装拆了装

完美、完美

杜冷丁冬眠灵

不要、不要

中枢不能伤

我是机器造就的战士

我不会嚎叫

完美战士

鬼

家里有鬼

一尊菩萨——请来

净身、净手

菩萨端坐

上香、跪拜

虔诚、许愿

愿菩萨保佑……

开心、欢颜

蜘蛛筑巢

织出美丽的衣裳

为那木头雕像

一个幽灵在墙角

发笑

孤独国王

思想的呼吸无法停止
又无法整理顺畅
白天忙碌着把寂寞赶远
夜晚显得漫长

喜欢寂寞,却无法选择孤独
霓虹的世界、凡尘的喧嚣
欲望驱使悸动的心更加浮躁

真挚的心在这浮躁中去了哪里?
月桂下的姑娘是否和从前一样
苦苦追寻着我的身影
也许早被现今的世俗染伤
成为珠光闪亮的新娘

我的爱情在我的想象里

希望又常常和绝望排成一行

疲倦的身体臣服于大脑的清澈

不能集中在一个点上

和瞳孔做着无谓的对抗

身边的人早已进入梦乡

她是谁

怎么睡到我的床上

空气中弥漫着淡淡的伤

将我的睡意戳伤

空气中弥漫着淡淡的痛

将我的睡意——戳伤

爱·救赎

谁爱谁

谁是谁的上帝

谁爱谁

谁是谁的受难者

谁晓得爱的真理

便失去自由

背负苦难的十字架

全能的上帝也无法逃脱

命运的束缚

恐惧占据世人的心灵

远离爱的花房

追寻自我毁灭

上帝爱人

上帝哭了

自我的爱发出救赎的光

爱不可勉强

最后一夜

你看我——埃及艳后的目光
近在咫尺、无法逾越
科恩唱着什么
我不知道
你笑
欲望的号角——我听到
沙漠里闪着光
最后的夜
等什么
月亮无法给予温暖
话语——喃喃窃窃
没有风
谁也偷不走
月光下的阴影
影子很长

清泉

汩汩作响

沙漠里的旅人

甜蜜、畅想

最后一夜

为了回忆

我拉上撕开的胸膛

把心重新安放

希望的坟场

有些事

想记

记不住

有些人

想忘

忘不了

该记住的

都忘了

该忘的

都记住了

死亡、离去

震惊、凄凉

还留下什么?

等待、折磨

孤独、悲伤

只留下希望

睁开眼是人间

闭上眼是天堂

战争

哭

杀死

一个又一个敌人

多少家庭被摧毁

你不认识我

我不认识你

你是母亲的儿子

我是孩子的父亲

你载着祖国荣誉

我负着民族使命

站在道德的制高点上

你来我往

高举正义的旗帜

残垣断壁

理想倒在血泊中

凯歌在每一个死者的眼中绽放

人类的河床

沙砾堆积

历史的号角

从未停止吹响

一样、一样……

墙

我不知将会怎样
就像未知明天的方向
每天都在寻找
那属于自己心中的光芒

走过无数的城市
期盼希望的村庄
星星与街灯将陌生点亮

越过高山
穿过海洋
岁月无畏雪雨风霜

成熟刻画着脸庞
稚嫩远走他乡

美丽在凋零中飞翔

无数的风吹落生命的枝叶

黯然飘向天堂

脚下的路依旧漫长……

未知的世界由弥勒领航

上帝的乐园和地狱只隔一墙

谁又能够选择方向?

墙里墙外又能怎样

今生来世苦中徜徉

终为尘土做了衣裳

地藏本是恶人

佛祖原是国王

一切皆为定数

又何必执强

戳伤

第一次听到"铛"的乐响
那单调的音节撞击着快乐的情绪
快乐不再飞扬

沉甸甸的愁绪把心压得很低很低
听——
这单调的音符
沉重得舒缓
轻巧得让我无法呼吸

那是什么样的声响
让我如此难以名状
那是银河的星星
跌入地狱的长廊
暗夜中的静谧

绝望中的光亮
被暗红的血遮挡
这一层层的旋律
来自天国的方向

我不想飞向天堂
不想在空中飘荡
因为我的天堂
没有天使的翅膀

心被疼痛戳伤
静静地躺在铺满玫瑰花瓣的床上
大脑堆积死去的谵妄
干净的容装、漂亮的衣裳
暗夜中的挫伤
一滴泪滑落在白色的枕上……

旋涡

大限将至
心灵黯淡
让太阳的光蒙羞
宇宙中的一粒尘埃
静止的时间

冷眼看
荒诞的表演
皇帝的新装
热闹非凡
欢呼的人群
把静止赶走

光芒万丈
晕眩

生活的傀儡

被欲望牵绊

命运的捉弄

谁也无法逃脱

神的安排

自然、自然

良机一去不复返

盛宴

一个巨大的殿堂
一个声音说"安静"
底下鸦雀无声
一个声音说"唱吧"
欢乐把声音传向云霄

宴会即将结束
骷髅在担架上巡游
肃静、肃静
死亡与我们
如影随行
思想带着重要发现
打开精神严肃的窗

寻欢作乐的人

对此视而不见

那只是一副骷髅

死亡的幽灵、快乐的气氛

把这严肃冲淡

高潮重演

……

孤独者

为什么要来这里

命运的编排

玩笑一个接着一个

生命无足轻重

相遇、相知

活着、死去

阴阳对立的两极

沉默、叹息

凝窒的空气

天——

下着雨

夜沉沉

神秘之手——

未出现

极乐世界

在上帝的身旁

错位

昨天仿佛一直在昨天

夜晚

冷清

睡一觉

还是夜晚

明天的太阳会来吗?

明天一直在明天

太阳、月亮

交替出现

执掌今天

非同寻常

从未改变

疑惑、疑惑

缺乏信仰的年代

我的年代

上帝在十字架上——早来

折翅

明天是国庆
璀璨的烟花摇曳飞舞
彩色的光
装点夜的空

无数的节日
堆成厚厚的墙
将我的快乐埋葬

游荡在绝望的世界
在无法封存的生命里
无聊地活着
我的人生更加得呆傻

我对着星空大声地喊

去你妈的!

想哭
没有泪
想笑
笑不出来

理想的泡沫被现实榨干
依然给希望安上了一对翅膀
突然发现一只不知去向……

战斗

怒火在燃烧
没有烧毁一处建筑
却把自己烧焦
积聚所有的力量
挥向歌利亚的右脸
却被自己绊倒
大卫没有吹奏凯歌
这次——
对我

最初，我要求财富
接着，我只要求自由
然后，我只需要健康
最终，我只要活着

假如一切都得不到
死是唯一的必要

高铁上

（一）

我

被恐惧攫取

瞬间

勇气无影无踪

严肃是个神秘

随铁轨蔓延

偶然

一个想法

什么样的大脑会招致危险

什么样的心灵会蒙羞

突然地来

突然地走

时间被列车超越

恐惧被勇敢克服

白云在车窗旁巡游

(二)

恐惧

如亲戚的惦念

小船在海中央打晃

担心会被浪掀翻

蓝天下

有几朵黑云

走得很慢

一阵风将它们吹散

魔咒

我不回去
纵然用枪抵着头
那海
罪孽深重
欲望的铁链终于打开

我不回去
那甘醇的美酒
受了狄俄尼索斯的咒语
喝下
沉睡不醒
我曾沉溺于这海中
贪恋咒语
现在对我——
意义沦丧

酒醉的昔日
头痛欲裂——
想死

警察

你张开一只手
对着我说停下
我看到一只眼睛
在这手掌里
它看着我一眨不眨
我的秘密被你发现
小偷、人赃并获
显影器照着身体
赤裸、没穿衣服
执照、新的
无法撕掉
逃跑、逃跑
跌跌撞撞
眼睛一眨不眨、在脑后
无法逃遁

眼前是盛开的罂粟花——
艳红

毒药

你来
看一个病人
带着一束红豆
太阳很高
我冷

风信子来过
带着虞美人的问候
将希望珍藏
曼陀罗舞步旋转
珍珠滑落
熨烫胸上的痣——
红色

喝下杯中毒药

微笑、微笑

哈利路亚

我是佛

一个穿着僧服的人

坐在台上

气宇轩昂

安拉牵着上帝的手

孔子在嘴边流淌

子曰……

道可道、非常道

人之初、性本善

弟子规、三字经

四书、五经、诸子、百家

玄而又玄,众妙之门

一群人

一排排的身子——没有脸

双手合十

跪在佛前

激动、悲伤、忏悔

虔诚、虔诚

眼泪挂在脸上

鼓掌、鼓掌

昏暗的大脑

神经发光

末法时代

西归的佛

不愿回来

午夜两点

没有五官——一张脸

你在宇宙的圆点

黑暗、黑暗

空间、空间

几度?

巨大的床

左右摇摆

如无尽的大海

没有亮光

头痛、无眠

撕破黑夜

沉沉睡意

陷入地裂

一只巨大的阳具

直插云霄

我是根木头

清醒的午夜两点

受伤

一个巨大的袋子

套在身上

模糊的太阳

照着两只蒙羞的眼

我听见

一只蚂蚁在走廊上经过

走得很急、很匆忙

我的头、我的上身、我的下肢

在袋子里延展

不能出去

更不能触到春天

无数的针在布上盘旋

飞舞出无数的图案

创造美丽的诗篇

两道光
从眼缝向外偷窥春天
睫毛一眨一眨
冷眼数着开放的莲

白衣上帝没有带走羞辱
月光暗淡
鸦声一片

游离世界

空虚、苍白

寂寞、无聊

美丽的面孔

虚假的爱情

无味的语言

困乏无力的身体

直视躲避的眼神

夜晚来临时

思维加剧的混乱

懂——不懂

不懂——懂

难得糊涂

大智若愚

抗拒中自责

无法抵御的诱惑
思绪在青烟中蔓延
飘到无限的彼岸

扭曲的缥缈
变幻无常的云彩
是与否、去与留
无以言表

游离于世界的边缘
行走在黑白之间
精神与肉体
在完美的结合中分离

女人的美丽

诱人的身体
结合后沉入海底

睡梦中充满玄机
老子孟子不绝于此

音乐带着遐想远走
时间在静止中流去

冬天，无雪
阳光灿烂……

枪

我的生活可以没有食物、没有衣裳
但却不能没有笔和纸张

苦难的日子我没觉得怎样
贫困使我更加坚强

活着谁能不经历创伤
精神不死就有希望

手中拥有笔和纸张
就可以大声高喊我的梦想

我可以负伤
我可以死亡
但却不能失去我的笔和纸张

所有的痛苦还有快乐
堂而皇之地站在纸上
用手中的笔完成他最后的绝唱

失去自由又能怎样
囚禁身体却无法封锁思想
只要给我笔和纸张

我歌颂世界,行者无疆
母亲的河山秀美壮观
还有我多舛的命运与梦想
都随手中的笔进入天堂

我的世界可以没有雨露、没有阳光

但却不能没有笔和纸张

我的世界不能没有笔和纸张

白

那年夏天我抓住一只蝉 我以为抓住了整个夏天

城墙上的姑娘

美丽的姑娘

和花一样

你看着我打望

我看着你畅想

你挥挥手

我挥挥手

就这样

天各一方

对面

我望着一轮明月

月光照着呢喃的海

倒影中有我

还有一弯升起的思念

精卫扇动着叹息的浪花飞到海的对面

今夜是否罩到我送去的赤焰——

一轮明月

伤

我藏不住秘密

也藏不住忧伤

正如我藏不住

爱你的喜悦和分别时的彷徨

我就是这样坦荡

你舍得伤

就伤……

悄悄话

  白色的幔把月儿的脸蒙起
  星星费力地眨着眼
  我对你窃窃私语

  吻了你
  谁也没看见
  你羞红的脸夹着
  迷人的香气
  这是我俩的秘密……

无题

太阳

照在脸上

沙发在我的屁股下冥想

雪

被阳光温暖地

泪流感伤

我的眼睛闭上

睡得很香

指针在一点的地方

正午时光……

窗

一场雪

白色

握拳在玻璃上

拓下一串小脚

装上脚趾

脚印走向窗外的世界……

一张脸两鬓如霜、隔窗

看外面的雪……

五月某天

一个平常的午后
一杯茶、一支笔、一本书
小院
三只麻雀在桂树中
一阵微风地跳跃

我是一道光影
天使安睡在我的身旁
绯红的云霞把天空照亮
将我的心灼伤

希望

快乐的小鸟
看不到影子
总能听到
你的歌唱
在寒冷的冬天
在炎热的夏季
我需要你时
总能不离不弃
却从未见你
收取利息

你来

在约定的时间
地点是我安排
徘徊、徘徊
在门外
门内有你和急切的期待
倒立于空中
紫色的屁股接受初生的问候
你的哭喊声抢占世间的空白
如约而至

雪花

一片、两片、三片
我数到它们满天飞舞
城市当成礼堂
旋转的舞步
一圈一圈转出新高度
孩子们首先和她学舞
这快乐让孩子传递
就连最古板的老人
都一踉一跄
跳起了领舞

信使

日记是自己的信使

一天天、一月月

一年年、一行行

岁月的过往

记录成长

柔亮的光

抚在脸上

回信无须等待

生命自有安排

出生

你来

带着爱——我对你的爱

如时钟的摇摆

指针二十四小时

一圈如同一年

一张纸宣布你来的合法性

我亦心安理得地开始焦急

铁匠敲打的声响——心慌

话语藏在沉默里

你笑、我笑

房子躺在床上

你将走出这黑暗

踏上小小的太阳花

光明的旅程

你笑、我笑

回忆里

年轻时冲动
喜怒哀乐都是幸福
因为我们不懂爱情
如今幸福只在回忆里

几张泛黄的照片
一段过往的爱情
在火苗中跳跃

为你我烧掉了
过往的印迹

回忆却在慢慢地、慢慢地
在回忆里老去……

冬之思

秋刚走,你就来了
来得如此匆匆
等不及树上的绿叶落空
大地为之动容

春姑娘要来
让你担忧
雪花带着重要的消息
和田里的麦子密谋
白天、晚上不得休

冬天呀别烦忧
懂——你心中的愁……

初春·沉默

三月
有倒春寒
如水蛭吸吮我的血
不知停息
唯一刺痛
是神经的皴裂
我的呼吸带着我
如冬夜路旁那盏黄色的灯
刺穿笼罩幕布的黑暗
心里所想的
在阳光下闪亮
像杜鹃花在五月盛放

转身

回忆

深陷其中

不可自拔

幸福、痛苦

无力回看

面对生活的重负——窒息

完结

上一秒

亲吻当下的阳光

聆听风语

不再去探访

过去的日子

我愿
——送给妻子的诗

时光在树下
被小鸟轻啄

那光影走得很快
也拉得很长
蓦然
从黑发走入白头

我愿化为一只
小小的萤火虫
在你经过的路旁
留下短暂的光亮
让黑夜不再漫长

时光依旧

小鸟依旧

那暗影走得很快

也拉得很长

我愿化为一只

小小的萤火虫

在你必经的路旁

……

等

明明吃过白等的亏
纵然你说
"不一定来"
可我还是和时间赛跑
早早到了约定的路口

人在思念情人时
总会仰望天空
似乎这辽阔的天
可以把思念缩短

等待是累人的
当我开始疲惫时
远远地看见
你来了……

出生前的时光

夜

又黑又大

四周没有光亮

点亮一支蜡烛

我看不到别人

也没有人看到我

寂静伴随心的声响——

扑通扑通

沉沉地睡

静静地思考

慢慢地、慢慢地

漂浮于宇宙的中央

一个古老的灵魂在冥想……

因为有你
——给女儿

睡的时间多
醒的时候少
用眼睛把时间分割
吃饭、拉臭、睡觉
剩余时间在笑

我看着你
闻着你的呼吸
奶香、奶气
让我回到过去
镜中走来另一个你
那是我童年的回忆

是你让我记起
那时的自己

生命得以延续

完整的生命因为有你

春·思

清晨
一缕阳光
透过窗帘的缝隙
洒在右脸上
我闻到春的芬芳

春天是美好的
我看见花开了
各种绿发芽了

春天是喜人的
我听见鸟叫了
大雁飞回来了

春天是躁动的

我感到万物合唱
爱的歌谣

春天是我们熟知的
可谁能说清它为何美好

礼物

笑整个脱落——粉红

夜色中的发光体

四肢为之动容——舞蹈

击打战鼓的圆盘

如刚刚落地的白色马驹

微弱的鼻息

呼出薰衣草的幽香

一个影子

默默凝视

失忆的天使

送来圣洁

一颗星从天而降

带着雪花般的祝福

融于心上

我还在思考

两个灵魂

谁更古老

为什么他们把你送上!

那年夏天

我拉着你的手
校园的风
见证我们青涩的友情

玫瑰花香弥漫着爱你的芬芳
"我喜欢你"
含羞草装扮你的脸庞
默然转身
留下绯红一行

分别时的嘱咐
冲淡毕业的喜悦
时间匆匆
就这样
走过金秋十行

那年夏天我抓住一只蝉

我以为抓住了整个夏天

流年

我们是时间的过客

时间并非我们的路人

又一直在那里注视

突然地到来

突然地离去

在他身上没有留下任何刻痕

虽然曾努力想留下什么……

爱过、恨过

难以寻找

那些符号

曾经拥有的回忆

对我已是满足

倚在躺椅上的光

走得很急

五月的天气

适合遐想……

大人物

(一)

一张脸很大

在池塘里

青蛙们都认识

赞美声

此起彼伏

从未中断

燕子从池塘上飞过

拉下一滩屎

落在这张脸上

青蛙们全都看见

呱呱声

响彻池塘间

（二）

一副缺乏爱的心灵

冷酷自私、看低别人

面对金钱、沾沾自喜

似乎他们原来是兄弟

失散多年后

终于在一起

小桥边的姑娘

独自在这古老的桥旁
江南的月
凄凄地、凄凄地
照在衣上
那清辉把周遭映得很亮
河里泛着粼粼的光
如人鱼轻浣她的衣裳

美丽的姑娘
我不知你的芳名
却遇你在这桥旁
从此我便系你在心上

看着那一碧清泉
想起那眼睛的明亮

朝我伫立的方向
瑞香送我一眸芬芳

看着那一轮明月
想起你微笑的眼神
天上的月对着水中的月呼吸
影印着彳亍桥旁的我

看着垂岸的柳枝
想起那乌黑的长发
柳枝把你多情的青丝盘起
叹息着我的忧郁

精致的鼻
纤细的手

还有那架沉重的老相机

从此我便系你在心底……

夏夜

青蛙的歌唱

在这夏日的夜里

给孤独的过客

带来希望

这由近至远的声浪

缔造了一种宁静、安详

使这孤旅的人

产生另一种遐想

小草

一棵小草
扎根在高山顶上
一年绿了
又变枯黄
大自然给了他生长的养料
这里路人稀少

一棵小草
扎根在高山顶上
他对星星嘲笑月亮的寂寥
忘了自己的位卑、渺小
他的故事、他的笑
他全知道

盼呀盼

渴望把绿洒向人间

却被一只只脚踩倒

绝望中疗伤

不能成为参天大树

供人纳凉

励志要成为一道风光

在这高山顶上

初恋的姑娘

(一)

此时此刻
我初恋的姑娘
你在哪里
冬夜的雪飘来你的气息
那年的你在雪地里哭泣
汽笛声声催我离去

(二)

你的美丽
无人能及
各种眼神窃窃私语
古城的街充满春的爱语
我沉浸在这花香里

忘了未来某天的汽笛

（三）

哭泣的冬雪

使我开始和死神做游戏

血液和酒精成为挚友

忘记你真不容易

（四）

碎花的蓝裙

轻盈的脚步

还有你的勤劳、你的善良

如今都去了哪里

今夜的雪让我又想起你……

雨中曲

一场雨
浇透了烦闷的空气
大地噗噗地喘着粗气
白色的烟在雨中也没了脾气

伞儿们
一朵朵地撑起
像水中的涟漪
蔓延整个街区

一阵风
不小心地吹过
涟漪变成陀螺
旋转快乐无比

街上的人们

你来、我往

跑来跑去

奏着

雨中曲……

最好的朋友

多么神圣的词语
走过许多的路
见过许多的朋友
半个世纪流逝
错过了许多的朋友
胜利的筵宴上
充满赞许的诗歌
朋友是必不可少的点缀
失败的荒野里
少了花朵的艳丽
只剩一个彳亍的身躯

有一个朋友从未将我遗弃
他让我在美酒中清醒
在失败中积聚勇气

快乐时知止

悲伤时

把孤独的夜排除

我感谢你

我最忠诚的朋友

你清雅的身体

带着期盼

让我痴迷

你诱人的芳香

令我沉醉满足

从不曾听到你嫉妒的语气

从不曾看到你厌烦的神情

从不曾、从不曾

看到你的居功自傲、不可一世

我一生最好的朋友——
书

我不是诗人

我想写诗
可我不是诗人
六月的蛙不停地叫
搅乱一池春水
八月的蝉不停地叫
香落一树夏槐
九月的虫不停地叫
惊碎一夜好梦

我不是诗人
可我想写诗
不会叫
我没有羡慕的呼啸
……

昨夜发生的事

我忘了昨晚的诗句
昨夜在梦里我想你
清晰的大脑
黑色笼罩
令人心醉的话
变为一行行魂牵梦萦的金属钩具
刺到心里

我听到你的笑、你的呢喃
你的脚踩到我身上
昏睡中我把被子给你盖上
藕结般的胳膊
发出清脆的声响
打在我的脸上
惊醒了我、吓到了你

宝贝

别哭、别哭

你的王子爸爸和你在一起……

当你均匀的呼吸再次响起

我已忘了那美丽的诗句

回音

左边是山
右边还是山
绿色由远至近地渲染

青灰色的檐瓦在绿色中若隐若现
一条路曲折蜿蜒

水稻一块块拼凑出一个
大大的图案
图中有牛、有树
还有耕地的犁
我听到心的呼唤

四周寂静
无法遮挡它的声响

心慢慢地静了
我又听到了鸟的啼鸣
在这空旷的山谷

我大声地喊
"喂！你是谁？"
"喂！你是谁？"
"你好吗？"
"你好吗？"
对面传来同一个回音

我担心

我有一种担心
担心什么

我担心莫斯科郊外的钟声
会敲碎我午夜的梦

我担心圣托里尼岛的海风
会吹醒我清晨的微笑

我担心塞纳河畔的落叶
会把我的思念染黄

我担心阿寒湖厚厚的积雪
会把我的记忆冻结

在梦里

我担心

我的家乡已经变了模样

我担心我的家乡

在梦里

不知所终

父亲

父亲
我已忘了你的模样
一段熟悉的旋律
拉我回到童年

自行车的前梁上
有我左右摇摆的哼唱
你的呼吸吹得我暖洋洋

父亲
我已忘了你的模样
隆冬时节
大雪带着哨响
给大地留下
亲切的脚印一行

我的小脚覆盖在
你的大脚之上
我的手依偎在
你的大手中央

父亲
我已忘了你的模样

我的孩子坐在我的肩上
纯净的脸贴在我的头上
指向天空摇晃

我看到天空上印着
你威严的脸庞

一道光照到我的脸上

父亲

我已忘了你的模样……

小站

雨长长地下着
浇注陌生的小站

一条铁轨无限伸延
通往不知名的地方

寂寞的雨伞遮挡在头上
孤独的手提袋放在脚旁
雨水混着泪水流满脸庞

一个人的车站
两个不同的方向

我追你

你跑
我在追你
月儿为你引路
花儿为你伴舞

你跑
我在追你
太阳歌唱你的青春
清风陪着你的长发飞扬

你跑
我在追你
高山迎接你轻盈的脚步
大海舒展你美丽的身体

你跑

我在追你

为你我受尽挫折

又怎能一笑而过

美丽的姑娘

你在我心上

已栽种结果

你跑

我在追你

堆积的失望

被每一个新希望划过

暗夜中的我

感受到星星之火

你跑

我在追你

你是那么的执着

我怕如此错过

我的一生全是错

你跑

我在追你

当我责备自己虚弱的体魄

你在前面摔倒

我知

你是故意在等我

追不上你

是我一生的过……

角度

你看不到我的脸
不到我的眼
看不到我的泪

我却看到了你
愁苦、无奈、不舍
还有一颗你无法
挣脱的心

昏黄灯下的我
多了一条暗影
下趟列车
不知
要将我带向何方?

琥珀中的历史

一只带翅的蝇

栩栩如生

振颤出上古的音符

飞舞穿行

快乐地呼吸着

自由的风

嗡嗡、嗡嗡

这快乐

惊扰到树的悲痛

一滴泪

悲伤堆积的语言

一下子锁住了这舞者中的歌喉

惊叹于大自然的神功

一滴、一滴

这透明的泪脂

隔挡了宽阔的天空

一只带翅的蝇

栩栩如生

千年不曾停止嗡嗡的飞行

笑看时间的过往

世界为之动容

笑

你走
带着你的笑
奈何桥很窄
冥河的水映着你的笑

为何你要如此匆匆
去向天国

作为兄弟
你一笑而过——洒脱
作为我
你的兄弟
却无法向你诉说
你曾说
　"活着累,死更难"
这下你解脱了

走过世界的尽头
你在花丛中笑
你笑在花丛中

我们曾约定
一起周游列国
如今你只把笑留下——兑现承诺

昨夜
做了一个梦
梦中有你、有我
走在香榭里大道的凯旋门前
谈笑风生——酒醉

清晨醒来,少了昨夜的酣畅
脑海中只有你带笑的脸

灰

这些快乐仿佛驻在春天 严冬和你都不曾来过

囚

知了、树叶在微风中亲昵
蛙声与虫鸣在八月里唱响恋曲
丹鸟幽蓝的光伴着桂花香气
七彩的虹照亮眼中的回眸
我已成为你的囚

我已成为你的囚
自由锁在心里头
我托那南飞的鸿雁
衔着甸甸的钥匙
给你带去北方的问候

我已成为你的囚
枯枝的忧挂满无尽的愁
一衣重寒，侧耳倾听等待

飞雪隐匿了洪冠声声
无眠的夜，思绪无尽地游走

我已成为你的囚
和煦的风吹满绿枝头
雁群带来南国的消息
却把那甸甸的钥匙搞丢
万物复苏我心中的哀愁

暮色下的冬日

城市装进红色的晕里
有些刺眼
从窗子看出去就是春天

麻雀眯在院中的树枝上
思考来年
城墙上的游人
和春天一样
只是换了模样

屋檐上,白色的雪
继续白着
树上的枝叶,继续枯着
一个人就这样坐着
手中的茶

把浓缩的五味尝遍

对面楼上的窗
一扇扇
亮起光
一个声音说：
别把自己搞成诗人
来，走出门来
走到这满天繁星下来

可惜今夜天狗吃月
没有满天的繁星

绿洲

清清的夜

吹出无数的孤寂

在寒风中战栗

虚幻的真实

空旷无比

痛苦

在有思想的肉体中

雪花般漫天飞舞

在清醒的喘息中

窒息

我在期待中潜行

爬过沼泽的泥泞

经过枯竭的河床

穿过饥渴的沙漠

寻找那丢失的诺亚方舟

蹚过惊涛骇浪的峡谷

抵达心中的那片绿洲

人生终究辉煌

月光曲

明月

站在台前

空旷的幕布

有些伤感

留下一丝

淡淡的愁

我独自立在窗前

和月亮两眼对望

忧郁的光

勾着我痛的幻象

还有被现实的理性

压抑的骄傲理想

思绪插上翅膀

回忆推波助澜

青涩的年轮

美丽的爱情

这样的夜月光有点迷蒙

你柔美的清辉

透过这沉沉的暗夜

照在两个年轻的心上

我那恋人的快乐

被你的光辉包裹

幸福在情欲的河床中

吹落一地的花瓣

留下一缕暗香

相拥的甜蜜

美丽的记忆

如战士吹响了胜利的凯歌

在朝霞前不辞而别

月亮

为何你如此匆忙掠过

天空的幕布何时挂上

我美丽的爱情

让我心动的姑娘

我依旧在为你歌唱

为何要分别……

梦无痕

偶然

收拾着曾经的记忆

泛黄的信笺

一行行字

如那个颤抖的诗句

林荫影映着小路

见证四季的音符

春天的故事

在冬夜里哭泣

凋零的落叶

飘到岁月的谷底

化为一抹软泥

沉沉睡去

让时间成为过去

回忆里,我不再让你哭泣

旅程

我看过

一条消失的路

一条不知名的河

一片绿色的麦地

一座繁华的城市

我看到

列车员的微笑

乘警严肃的音符

孩子的哭闹和奔跑

一个肆意的呼噜在咆哮

乌云、太阳、雨

一段又一段的隧道

外面没有光

我想到

出生

我想到

成长

我想到

希望

我想到

死亡

列车缓缓驶入站台

回到家乡……

种子

一粒种子

励志成为参天大树

为劳作的人们遮风挡雨

充当礼物

种子发芽

破土而出

很多种子

很多的芽

志同道合

谋化

许多种子倒下

风吹雨打

很多的树

很多的芽

一粒种子
闷在地下
等待发芽
一粒种子
等待来年
滋养万家

停不住

爱是无痛呻吟的一句假话
快速飞转的车轮
碾碎黑夜的困倦
努力想拉合这睁得巨大的眼

无数的夜晚
学会用夜色将这孤独埋葬
听到一种声音
若明若暗
隐约中埋藏心的深处
多久没有听到它的声响

习惯于麻木的生活
在变化中习以为常

两个陌生的身体

为了各自的理想而付出

金钱和欲望的对抗

没有真正的强者

周而复始地循环

无趣的生活更加单调

时间无谓地流逝

四季轮转

生命在消亡

无法驾驭思想中的天马行空

我又可以安然入睡了

并且睡得那么心安理得

没有一丝彷徨

就连那随波逐流的梦

都悄然入梦了
夜就在这习惯与无奈中
划过

床上有两个枕头
一个枕着
一个空着
当太阳的光重新添满夜色
寂寞已逃遁得无影无踪
犹如盛夏的东风

水手

我是一个水手
必要去大海的尽头
徘徊在十字街头
只为远航做短暂的停留

皎洁的月亮
照在玫瑰色的海上
惊涛骇浪
那里有我甜蜜的畅想
大海是我永远的梦乡

夜

酒红、酒黄
血液偾张
音乐起舞
身体飞翔

欲望的痛苦在翻滚
寂寞的夜盖不上
世界在瞳孔中变异
诺言在嘴边流淌
渴望被蹂躏的释放
干柴、烈火
燃尽
每一束陆离的灯光
肆意舞动的灵魂
似癫似疯

陌生变得温暖如春天一样

灵与肉的碰撞

激荡出阿佛洛狄忒的梦想

瞬间飘向天堂

可天堂的门前

却站着地狱之王

不先入地狱

又怎能进入天堂

窗外的月亮

透不过这

厚重的帏帐

经度与纬度

在脚下丈量

时间停止在光的刻度上

旋转的木马

异性的光芒

如佛灯一样

拉得越来越长

照亮黑暗

走进彼此的心房

迎着月光

搂住枯树旁的姑娘

那力拔山兮的英雄

陪在伊人的身旁

巨大的殿堂

成就众生的万象

紧锁牢狱的铁窗

展翅疾翔

圣父的光
照在囚徒的脸上
万丈光芒

身体悬在空中
下不了地狱
也进不了天堂
头摇得似个铃铛
天上的父和地狱的王
他们在商量

滚滚巨浪
瞬间掀翻这殿堂

闪电与雷鸣巨响

这是宙斯与波塞冬的联袂合唱

大地在旋转

身体在摇晃

摇啊摇

摇到地老天荒

摇啊摇

摇到混沌之上

分别

    人性是不变的
    人性的丑恶是永恒的

    天气戏弄着几座城
    我焦急着你的消息

    身体在挣扎
    灵魂在舞动

    每天吃饭、喝茶、睡觉
    快乐地活着

    这些快乐仿佛驻在春天里
    严冬和你都不曾来过

芒刺

我知道
你在寂静的角落
躲避世俗的关怀
你盛开
只为自己圣洁的期待

我来
带给你惊喜
在幸福的期待中盛开
这惊喜带刃
刺穿幸福的外衣
有血!

这是一场游戏
戏中有我、有你

戏的结尾是无望

死亡透着光

照亮黑夜的孤寂

你轻轻地、轻轻地

睡去

我想唤醒

又怕惊扰到你

只能放你在心里

在我心里

从未离去

寂静的角落

暗影重叠

花瓣铺地

十五岁的生日

今天是我的生日
十五岁的春天
鸟语花香
派出所院中的
树、叶子、枝条和花
在风中和春天合唱
双手被铐在皲裂的树干上
思想游走在天上
蓝色和白云耳语

天不亮
起床、打扫、洗漱
锻炼不只为身体
还有思想健康
每年都有生日

今天想来与往常不一样

今天是我的生日
看守所的号室中
春天伴着希望

铁门、铁链、铁窗
在阳光下闪亮
我双手抱腿
坐在车里
开往——春天
走出牢房、走过学校、走进自由
大街上的人很多
姑娘很漂亮、她们对我笑

十五岁的春天

世界很明亮

这是我当时的幻想

远行

十五岁那年我离家远航

怀里揣着爸爸的嘱托

那张纸很轻

断绝的话只有一行

放在心里却压得我

气喘不上

拖着一个大箱

里面除了希望

就是几件换洗的衣裳

十五岁那年的城市缺少灯光

十字路口的烤肉档

那盏灯很亮、很亮

……

生命的轮回

一粒种子
来到人间
只想随便看看
路却越走越远

太阳、月亮
有冷、有暖
大海中冲浪
高山上歌唱
青草伴着花香
根茎在生长
一只大雁飞过翠绿的家乡
房子在炊烟中飘荡
麦浪在阳光下有点黄

泥土

既能种麦子

也能埋房子

走着走着

又回到了故乡

原来我只是一粒种子

泥土芬芳

既能种麦子

也能盖房子

原来我只是一粒种子

镜框

发呆、发呆

还是发呆

静静地坐在书店

寂寞的角落

任何语言都显多余

苍白轻柔的歌声

告诉我自己还活着

你坐在对面

手托着下腮

看着窗外同样发呆

与我不同的是

微笑灿烂

如光的温暖

我们是陌生人
却同样发呆
发着不同的呆
你发呆
我发呆
任时间流过……

苦

病魔是可恨的
让人在得病时脆弱
不能自我
语言也变得难以捉摸

离别时难舍
时间到了
谁也无法阻隔
再多的泪都是徒然

病中的人可怜
脑中胡思乱想
既有情感的痛
也有身体的折磨

痛哭后的大醉
又勾起了心伤
影印在雪白的墙上
梦见有人来了

相思之苦
总会被突如其来的相见破坏
少了雅致

苦就苦得彻底
既然已分别
何必再见面
梦醒了……

尘埃之中

春天来了
秋天也将划过
去年的冬天
雪莱告诉我
"冬天来了,春天还会远吗?"
我告诉自己什么?
今年的冬天
我又能告诉自己什么?

我既不是一个伦理道德的卫道士
也不是一个离经叛道的杂种
我只是在寻找
那个真实的我
那个隐匿于尘埃之中的我

一朵娇艳的花凋零了
一株枯黄的草变绿了
希望在绝望中逢生
当一切悲伤的境遇
代表活着的气息时
精神的涅槃还会远吗?

一步之遥

前夜的相拥

雨下个不停

沉默冻结别时的话语

我带着你的思念

背井离乡

满含热泪

不说再见

火车要开了

阳光下冷风凄凄

稀薄的空气让人窒息

微笑挂在脸上

热泪两行

汽笛声响

你在一步之外

世界远在他乡

生活的旋钮

当生活成为十万个为什么时
它还有意义吗?
当生活变成百科全书时
它还有意义吗?

复杂变为简单时叫返璞归真
简单变为复杂时叫成熟
成熟的人看简单的人是那么的愚蠢
返璞归真看成熟又是那样的可笑

成熟也好,可笑也罢
都是大鹏与燕雀的争吵
只是制式与频道的冲突
又何必烦恼睡不着

一场车祸

碰撞、碰撞

三辆车

醉驾、醉驾

谋杀、谋杀

语言的音符

词语

撞击在空中

弹射墙上

火花激荡

身体发出响声

黑暗的夜撕开一道缝隙

一道光照在

一副锦旗上

一个病人

见义勇为者

纠缠

暗影

灯光下

没有脸

无助的背

捆绑

弱者与强者

谁在笑

删除影像

对与错

各有面容

抽泣

昨天的笑

洗去

一页一页翻过

转角处……

再见恋人

看到与初恋相似的人
总会心生异样

你在哭,我在笑
你哭
因我触及你情感的毒药
我笑
因为我碰触我过往的可笑

既然做了
何必烦恼
该哭就哭
该笑就笑
再见
初恋的人

火花

天空。我是一道光
这光有种颜色
落霞占满天的一角

地上。我是一棵树
这树硕大直长
华盖地的一方

地下。我是暗涌的浆
这涌动的流浆
奔腾、奔腾
如我的生命
发出最耀眼的光芒

无缺

椅子上的余温
意味着有人来过
那曾经炽热的温度
在这里徘徊已久

最初的热情
存在于爱中——
合为一体
谁能告诉我
爱的化学成分是如何构成？

有人说
有些事只能做不能说
有些事只能说不能做
而我说

没做就做、没说就说

一切都不曾虚度

云朵

一只飞翔的鸟

方向迷失

云朵

失重后的下坠

厚厚地蒙住眼

可爱的天使

站在一旁

飞舞的翅膀

把忧虑扇远

开心和时间撞见

两半球

天空是一样的
月亮是一样的
太阳是一样的
人怎么不一样?

我做梦你醒了
你做梦我醒了

我们就这样
脚对着脚
屁股挨着屁股
怎么也不能
共享这同一个梦乡……

智者

上帝
站在五千年前
嘲笑这个时代

智人、科学
站在今天
嘲笑上帝

你们改变了世界
我们改变了你们——上帝们

思想、流动的河床

一道光

把思想劈成两行

无法对仗

努力想黏合这断裂的河床

旋涡中的水

不在同一个方向

一片秋叶——金黄

东飘、西荡

小丑

钢丝上

平衡木——左右摇晃

聚光灯——闪亮

死亡、成功

观众期待

引来掌声

灯灭了

小丑在台上

笑容里浸着泪光

航向

  一只船在海上
  转来晃去
  划船的人
  去了哪里?

  没有方向的摇晃
  划船人在
  又能怎样
  没有方向
  摇晃

病号

我躺在白色的病床上
仰望窗外的夜空
星星和月亮窥视我的病情
我没有病
只是思想有些粘连
在身体发热时

起风了
云遮住了月
却透着光
什么是幸福
没有阳光
也是好天气
五颜六色的花在黑暗中绽放

宠物

笼中鸟
不是为欣赏外面的蓝天白云
而是渴望融入其中
两个不一样的灵魂
委屈了自己
捆绑了别人

无门

为了自由、选择孤独
认清自己、选择寂寞
不懂拒绝、选择痛苦
选择本身就是痛苦的

我的世界很冰凉
赤裸的冬天是温暖的
在冬天我看到春天
在春天里我却死亡

是谁打中我的胸膛？
背负所有理想飞向天堂
我把思念再放长一些
让时间把它拉得更长
天堂的门前漆黑一片
没有光……

后记

这本诗集不是一笔写成的,而是十年间不断地堆积。样书出来时,许多朋友问我为什么每首诗的后面没有标注时间,这似乎是个失误。以时间为线索固然可以看到我这十年的心路历程及个人成长的经过,时间犹如一条线,清晰而规整。正式出版前我是可以加以调整,给每首诗注上时间的,可我还是没有这样做。

第一个原因,这是十年的堆积,过去并没有想着出版,所以很多诗已模糊了明确的时刻,只是一个大概的时间段,而我又不愿刻意为注明时间而编造日期以误读者,更误自己。

第二个原因,这本书里的诗是以黑、白、灰三种颜色为基调来归纳排列的,这三种颜色是万千色彩中的基本色,人类的思想活动也无法逃离这三种基本色。佛告诉我们人无好无坏、无错无对，只有合适否，那么每一个人的思想都会在这三种颜色中变化——

黑者，思想的厚度与宽度，在这里有对生命的叩问；

灰者，亦黑亦白，亦阴亦阳，在这里有对人生梦中梦的禅悟；

白者，洁白的情愫，纯真的童心，真挚的呢喃。

至善之人是圣人，至恶之人是恶魔。芸芸众生的人性，既有天然向善的倾向，也有天然向恶的偏移。唯有如此，人与人、人与社会、人与自然才会和谐！

这也是我想通过每首诗所传达出的心境。不同的时期有不同的经历，产生不同的思想，我希望这本诗集能使每一位看到此书的朋友收获一种感悟，领略多样人生。

感谢在本书的出版过程中给予无私帮助的李功名贤兄、贾云兄、米德龙贤侄、责任编辑彭莘等朋友，也感谢未来每一个看到此书的朋友，你们给了我无穷的写作力量。特别感谢中华统一促进党总裁张安乐仁兄以古稀之躯为两岸统一、民族复兴之大业劳心费体四处奔走之际，仍不忘百忙之中给予我厚爱，并惠赐序言，令我的这本拙作锦上添花。最后感谢我的妻子和女儿，你们是我写作的原动力，谢谢你们！

史明礼

2019年4月20日